Mi madre nació de una mujer,
como nacen todas las criaturas,
pero tuvo que esperar varios meses
para conocer a la suya.

A mi madre, que no dejo de añorarla.

R. A.

A mis padres, que son una fuente inagotable de amor.

A mis queridos Verena Stresing y Philippe Prévost,
que caminan con perseverancia
y sin perder la sonrisa hacia sus sueños.

R. L.

# MI
# SHI
# YU

# MI
SHI
YU

Ricardo Alcántara

Rebeca Luciani

COMBEL

# COMO TODOS LOS NIÑOS,

Mishiyu tenía un padre y una madre. Pero, al igual que unos cuantos, él no los conoció.

Apenas nació, sus padres lo abandonaron. Era una noche fría y oscura.

Lo envolvieron con unos trapos viejos y lo dejaron ante la puerta de una casa.

Al notar el lengüetazo del frío, el niño rompió a llorar.

Y no dejó de hacerlo hasta que los vecinos despertaron. Llenos de sueño y curiosidad, se asomaron a la calle.

—¿Qué diablos pasa? —se quejaban.

Así descubrieron al niño abandonado.

Como tantos otros niños, Mishiyu fue a parar a un orfanato. Allí comenzó a compartir sus días, la habitación, y a veces la cama, con otros pequeños igual de tristes y rechazados que él.

Al cabo de los meses, también comenzó a compartir sus juegos, sus llantos y sus primeras palabras. Poco después, aprendió a defender lo suyo con uñas y dientes. Allí era preciso espabilar cuanto antes; si no lo hacía, los mayores le quitaban la comida del plato.

Por aquel entonces, descubrió que algunos de sus sueños eran tan malos como el hambre. Claro que nadie le explicó que se llamaban pesadillas. Esos terribles sueños hacían que el pequeño se despertara en medio de la noche presa del terror. En más de una ocasión llegó a gritar, maltratado por el miedo. Nunca encontró una mano cercana que pudiera calmar su desamparo.

Poco a poco, sin que nadie intentara remediarlo, Mishiyu se convirtió en un niño solitario, callado, triste, temeroso. Daba la impresión de que se cubría permanentemente con una manta invisible para protegerse del mundo.

Mishiyu no aspiraba a otra cosa, porque no sabía que existía algo más. Para él, el mundo se acababa en las desconchadas paredes del orfanato. Y entre aquellos muros se sentía indefenso y desgraciado.

Ya había cumplido cuatro años cuando sucedió lo que jamás se hubiera atrevido a imaginar. Alguien llegó al orfanato con el firme propósito de llevárselo.

Tras muchos trámites y una espera casi interminable, Isabel lo había conseguido: había podido adoptar a Mishiyu.

Sentada en la sala de espera, aguardando a que le entregaran al niño, Isabel notaba que todo su cuerpo temblaba. Llevaba años esperando ese momento, por eso se enfadaba consigo misma. «En vez de estar nerviosa, debería estar contenta» se decía una y otra vez, tratando de convencerse. Ella lo intentaba, pero su cuerpo no le hacía caso. «Él también siempre hace lo que quiere», pensó, y la idea le hizo gracia, pues le pareció oír la voz de su padre.

Él siempre le decía: «Hija, eres muy testaruda. Siempre haces lo que quieres», y no le faltaba razón. Siendo una niña, sus padres la inscribieron en una academia para que aprendiera *ballet*. Ella iba sin protestar, pero, en cuanto podía, se escapaba y se iba a jugar a la pelota con sus amigos. El fútbol le resultaba mucho más divertido que estar en equilibrio sobre la punta de los pies.

Cuando llegó el momento de escoger una carrera, sus padres trataron de ayudarla en la elección.

−Podrías estudiar para ser profesora o maestra, se te dan muy bien los niños −le sugirieron.

Ella no les hizo caso. Tenía muy claro que deseaba ser periodista deportiva y hacia ese oficio se encaminó.

Tiempo después, durante una comida familiar, comentó a sus padres que pensaba adoptar un hijo. Al principio ellos no reaccionaron; se quedaron serios, pálidos, sin palabras. Cuando consiguieron superar la sorpresa, no dudaron en decirle:

−No sabes lo que dices. ¿Cómo se te ocurre tener un hijo, si ni siquiera tienes pareja? ¡Es un disparate! Tienes que quitarte esa idea de la cabeza.

Isabel lo intentó, pero no pudo. Cada parte de su cuerpo deseaba tener un niño y se negaba a cambiar de idea, de modo que no tuvo otra alternativa que iniciar los trámites de adopción.

Ahora, tras tantos años, impedimentos, broncas y sinsabores, el momento había llegado. Ella, en vez de saltar de alegría, se sentía tan asustada como si avanzara a altas horas de la noche por una calle solitaria, tenebrosa y oscura. De pronto la habían asaltado infinidad de miedos que le provocaban una terrible inseguridad. Eso era algo muy extraño en ella, pues solía ser una mujer valiente y decidida. No sabía cómo controlar sus emociones ni cómo tratar al pequeño.

Se preguntaba si lo más adecuado sería mostrarse muy cariñosa o algo reservada. Si por ella fuera, en cuanto lo viera lo abrazaría con todas sus fuerzas. «Él no me conoce; aunque en los papeles diga que soy su madre, para él soy una desconocida», se recordaba, para no ir con más rapidez de lo aconsejable y acabar asustándolo.

Entornaba los ojos y respiraba hondo, pero no lograba tranquilizarse. «Nunca hubiera imaginado que ser madre resultara tan complicado», se dijo en tono de broma, tratando de relajarse, pero la estrategia no dio resultado. Estaba tan nerviosa que no podía dejar de temblar. Estaba más asustada que una cría de oveja ante las fauces de un terrible lobo.

Cuando le avisaron de que podía pasar al despacho de la directora para reunirse con Mishiyu, su sofoco fue tan grande que se quedó sin respiración. «Ahora solo faltaría que me diera un patatús; entonces dejaría al pequeño huérfano antes de conocerme», pensó, con el resto de humor que conservaba.

Tan pálida y mareada como si estuviera en alta mar en mitad de una tormenta, a duras penas consiguió llegar hasta el despacho de la directora y entrar.

—Siéntese —le indicó la mujer.

Isabel así lo hizo. La directora estaba muy ocupada con unos documentos que tenía sobre la mesa del escritorio. Agarraba uno, lo leía y lo guardaba dentro de una carpeta. Luego revisaba otro y otro... Pese a lo atareada que estaba, no perdía de vista a Isabel. La miraba por el rabillo del ojo, siguiendo todos sus movimientos.

«Tengo que comportarme con naturalidad, no puedo dejar que los nervios me traicionen. Si la directora ve en mi algo extraño, es capaz de cambiar de opinión y no entregarme a la criatura», temió. Esa idea no jugó a su favor, sino que la dejó al borde de un ataque de nervios.

Primero entró al despacho una cuidadora y, detrás de ella, el pequeño Mishiyu. Isabel clavó sus ojos en él. Era la primera vez que lo veía. Su imagen de niño indefenso y desvalido la impactó sobremanera. Al verlo, la inseguridad y el miedo que la atenazaban desaparecieron súbitamente, dando paso a una ternura totalmente desconocida.

Con lentitud, como si lo estuviera acariciando, lo fue recorriendo con la mirada. El niño vestía una ropa bastante gastada y con remiendos; a buen seguro, heredada de otros compañeros. Calzaba sandalias, poco apropiadas para el frío que hacía allí, y unos calcetines demasiado grandes para sus pies, agujereados y de color incierto.

Cuando Mishiyu reunió el valor necesario, miró a Isabel de forma fugaz; rápidamente bajó la mirada y se encogió. Era como si buscase refugio dentro de un caparazón imaginario.

Isabel se puso de pie sin dejar de mirar al niño. Entonces le pareció más pequeño y menudo. Ignoraba qué le habían explicado a Mishiyu; ni siquiera sabía si le habían dicho que se marcharía de allí, de la que hasta entonces había sido su casa.

El niño parecía cohibido, avergonzado. Permanecía quieto en su sitio, tieso. De tanto en tanto alzaba disimuladamente la cabeza, miraba a la desconocida y la volvía a bajar con rapidez.

Cuando la directora acabó de preparar la documentación, se la entregó a Isabel. Luego, tendiéndole la mano, le deseó:

–Suerte.

–Gracias –respondió ella.

Se acercó al niño lentamente. Aunque sabía que no podía entenderla pues hablaban idiomas muy diferentes, le dijo:

—Ya podemos irnos.

Él no se movía, evitaba mirarla. Isabel se agachó para estar a su altura y le acarició una mano. Al notar el contacto de su piel, Mishiyu la miró fijamente a los ojos. Estaba tan poco acostumbrado a que lo tocaran, que no supo interpretar el gesto de la mujer. Parecía espantado, hasta el punto de que retiró la mano y se la escondió a su espalda. Se dio prisa en bajar la mirada y se escudó tras una barrera invisible.

Para Isabel, aquel roce bastó para darse cuenta de que ese pequeño era su hijo. Había dejado de ser un extraño para pasar a ser parte de su vida. «Nada en el mundo podría separarme de él», reconoció.

Isabel deseaba regresar a casa cuanto antes, por eso viajaron al día siguiente. Les esperaba un viaje muy largo.

Llegaron al aeropuerto en taxi, hicieron cola para facturar, pasaron el control y aguardaron en la sala de espera hasta que, finalmente, pudieron subir a su avión.

Cada vez que Isabel intentaba tocarlo o llevarlo de la mano, Mishiyu la rechazaba de forma ostensible. «Debo contenerme; él necesita su tiempo para acostumbrarse a mi presencia», pensaba ella, notando que se había impuesto unos deberes demasiado difíciles de cumplir.

El niño avanzaba a su lado como un autómata. La seguía de cerca, sin hacer el menor gesto, sin demostrar sorpresa, espanto o entusiasmo, sin emitir siquiera un débil sonido. El comportamiento del pequeño la desconcertaba, pero se impuso la tarea de no demostrarlo.

Mishiyu prefirió sentarse en el asiento del pasillo del avión; Isabel iba a su lado. Al pequeño se le notaba cansado debido a tanto trasiego. Por momentos se le cerraban los ojos, pero él los abría rápidamente y permanecía al acecho, como si temiera que un enemigo invisible fuera a atacarlo mientras él dormía.

Ya era muy tarde cuando el agotamiento acabó por vencerlo y el pequeño se durmió profundamente. Su sueño era agitado; no dejaba de moverse y, de vez en cuando, gemía afligido. «Tienes demasiados fantasmas dentro de ese cuerpo tan delgaducho. Tú solo no podrás con ellos. Te ayudaré a espantarlos», le prometió su madre sin acercarse más de la cuenta.

Avanzaban muy juntos, como si una cuerda invisible no les permitiera separarse. Isabel abrió la puerta del piso y, tendiendo la mano, le dijo:

−Esta es tu casa y la mía.

Entonces, entraron. Ella dejó las maletas en el salón y se encaminó directamente a la habitación de Mishiyu. Estaba impaciente por enseñársela. La había pintado de color naranja, la había decorado con un sinfín de juguetes que sus amigos le habían regalado, había puesto tanto cariño entre aquellas cuatro paredes, que resultaba apremiante que el pequeño la habitara.

Mishiyu entró con pasos muy cortos. Paseaba la mirada hacia un lado y hacia el otro. El ambiente le resultaba tan atractivo que, por un momento, se olvidó de su timidez y sus miedos. No era capaz de bajar la mirada. Avanzaba entre los juguetes con un gesto de asombro, sin ocurrírsele tocarlos, como si una presencia invisible le recordara constantemente que estaba prohibido hacerlo.

Isabel había pedido a su familia que no acudiera al aeropuerto a esperarlos. Eran muchos, demasiado charlatanes todos, solían hablar en un volumen de voz bastante alto, les costaba controlar sus emociones... «Espantarán a Mishiyu», temió Isabel, por eso prefirió que no los recibieran. El pequeño ya los iría conociendo poco a poco.

Tal como imaginaba, sus padres habían estado esa mañana en su casa. Le habían dejado fruta, comida en la nevera y una nota para Mishiyu: «Bienvenido, pequeño. Un beso de tus abuelos».

Isabel lavó un racimo de uvas y se sentó a la mesa del comedor. Al ver la fruta, el pequeño fue tras ella. Se sentó en otra silla, junto a Isabel.

La mujer colocó un plato al alcance del niño; mientras, con la otra mano, sostenía el racimo. Tomó un grano y, destacando cada letra, dijo:

−Uva −y lo colocó en el plato.

El pequeño seguía todos sus movimientos. Cuando ella hablaba, observaba atentamente la forma de sus labios.

−Uva −volvió a decir Isabel, y colocó otro grano en el plato.

Mishiyu seguía el juego con especial interés.

Al ver que en el plato había cinco granos, dio un manotazo, los agarró todos a la vez y se los metió en la boca. Rápidamente se cubrió la boca con las manos, temiendo que Isabel intentara quitarle su comida. Eso era lo que hacía en el orfanato; ignoraba que fuera de allí las cosas pudieran ser diferentes.

Cuando el pequeño consiguió tragar todo lo que tenía en la boca, Isabel tomó otro grano y dijo:

—Uva —y lo dejó en el plato.

Mishiyu aguardó. En vista de que la mujer no ponía más granos, se apresuró a hacerse con él. Ella le enseñó el racimo que sostenía con la mano y repitió:

—Uva.

—Ua... —trató de repetir él.

Isabel tuvo que hacer un esfuerzo considerable para no saltar sobre el crío, estrecharlo entre sus brazos y llenarle las mejillas de besos.

La propia Isabel era la más sorprendida; a ella misma le costaba acabar de creérselo. Sin duda, estaba acostumbrada a hacer lo que quería y en el momento en que le viniera en gana. Pero desde que Mishiyu estaba con ella, todo había cambiado. El pequeño pasó a ser el centro de su mundo; poco importaba lo que ella deseaba, pues en todo momento estaba pendiente de lo que el crío necesitara.

No le pesaba toda esa dedicación; al contrario, pocas veces se había sentido tan contenta.

Aunque Mishiyu no era capaz de exteriorizar sus emociones, no rehuía la compañía de Isabel. Si ella iba de una habitación a otra, el niño se apresuraba a ir tras ella. Si ella le proponía un nuevo juego, él se aplicaba en aprenderlo. Cuando Isabel le enseñaba una palabra, él se esforzaba en repetirla. Así, poco a poco, fue aprendiendo unas cuantas. Una de las primeras fue *pan*, luego vino *pupa*; entonces llegó el turno de decir *mamá*.

−Mamá −repitió Mishiyu con bastante claridad.

«Me ha llamado mamá», se estremeció Isabel. Estaba tan contenta que agarró las llaves de casa y salieron a la calle a dar un paseo. Necesitaba celebrarlo haciendo algo diferente.

Apenas habían dado unos pasos, cuando se cruzaron con una señora. Mishiyu la señaló y dijo alborozado:

—Mamá.

—No —repuso Isabel—. Yo soy tu mamá —le explicó.

Mishiyu no lograba entenderlo. La miró con el rostro muy serio y luego bajó la mirada para fijarla en el suelo.

Al regresar del paseo se prepararon para cenar. Luego, como todas las noches, Isabel ayudó al pequeño a meterse en la cama y se sentó a su lado dispuesta a leerle un cuento.

Aprovechando que en las ilustraciones del libro aparecían diferentes mujeres, Isabel las fue señalando, al tiempo que inventaba un nombre para ellas.

—Margarita, Lucía, Eva, María, Carmen —decía. Al terminar, cerró el libro y señalándose a sí misma, le dijo—: Mamá. Yo soy mamá.

Mishiyu ni siquiera lo intentó.

«Mañana será otro día», pensó Isabel, que no solía abatirse fácilmente. Se dirigió a su habitación y, una vez en la cama, comenzó a leer.

Al cabo de un rato, notó que Mishiyu estaba inquieto. Se removía en la cama, gemía, daba patadas como si se defendiera de un enemigo feroz e invisible.

Caminando lentamente, Isabel se acercó a él. Mishiyu estaba cada vez más agitado. Estrujaba la ropa de la cama, se le notaba aterrado. Sin poder soportar el miedo, dio un grito y se incorporó en la cama.

Para su sorpresa, allí estaba Isabel. Ya no debía enfrentarse solo a esos terribles monstruos que se acercaban peligrosamente, que no le daban sosiego. No había acabado de recuperarse del mal sueño vivido, cuando Mishiyu tendió los brazos y exclamó:

—¡Aaaahhh! —su grito encerraba una clara petición de auxilio.

Isabel lo rodeó con sus brazos. Mishiyu se cobijó entre ellos y allí se sintió a salvo, notando que ese era el lugar que con tanto ahínco había buscado.

—Mamá —le explicó su madre.

—Mamá —repitió él, pues por fin lo comprendía—. Mamá —repitió sin dejar de mirarla, apretándole los brazos para que no lo soltara.